Collection
Jeunesse/Romans
dirigée par
Raymond Plante

Menace sur Bouquinville

**Données de catalogage avant publication
(Canada)**
Lévesque, Louise, 1955-
    Menace sur Bouquinville
    (Collection Jeunesse/romans).
    Pour les jeunes.
    ISBN 2-89037-405-X
    I. Titre. II. Collection.
PS8573.E93M46 1988   jC843'.54   C88-096476-6
PS9573.E93M46 1988
PZ23.L48Me 1988

Menace sur Bouquinville

LOUISE LÉVESQUE

ROMAN

21

ÉDITIONS QUÉBEC/AMÉRIQUE

425, rue Saint-Jean-Baptiste,
Montréal, Québec H2Y 2Z7
(514) 393-1450

Je dédie ce livre à vous tous...
Qui, dans mes jours gris, m'avez fait rire
Qui m'avez ouvert votre cœur pour que je
puisse m'y blottir
Qui avez partagé mes peurs pour m'aider
à les conquérir
Car c'est pour vous tous qu'il me plaît
d'écrire

Chapitre premier
Le complot de Dominique

— Ta mission, dit Mathieu à Olivier, est de récupérer le laser volé. Le sort du monde est entre tes mains.

— Je ferai tout en mon pouvoir pour le sauver, mon commandant.

Un peu à l'écart, Dominique écoute avec un haussement d'épaules dédaigneux le dialogue des nobles sauveurs de l'humanité menacée. Encore une fois, sa contribution a été refusée sous prétexte que les filles ne sont pas aptes à affronter le danger qu'une mission aussi délicate implique.

— Hé, les gars! Pourquoi ne pas aller à la vieille usine? J'ai entendu dire que quelqu'un l'a achetée et qu'on y fait des travaux. On pourrait aller voir ce qui s'y passe.

— Fiche-nous la paix, Dom! Tu vois bien qu'on a plus important à faire, dit Olivier tout imbu de la grandeur de la tâche qui vient de lui être confiée.

— Allez au diable, alors! répond rageusement Dominique en enfourchant sa bicyclette. J'espère que votre fichu laser vous désintégrera tous les deux!

« Non mais pour qui se prennent-ils, ces imbéciles? » ronchonne-t-elle tout en se dirigeant seule vers la vieille usine. Mais la curiosité l'emporte vivement sur sa colère et l'affront fait par les deux agents secrets est bientôt remplacé par le désir de savoir si les rumeurs selon lesquelles l'usine deviendrait une fabrique de biscuits sont exactes. *Ce serait tellement chouette!*

Quelques minutes plus tard, tout essoufflée par l'ardeur qu'elle a mise à s'y rendre, elle arrive devant l'usine où

se trouve un panneau qu'elle lit avec grand plaisir :
LES MEILLEURS BISCUITS AU MONDE SERONT BIENTÔT FABRIQUÉS *ICI* !

Elle sourit tandis que son cerveau s'emplit d'images toutes plus appétissantes les unes que les autres. *Allons voir cela de plus près.*

Profitant de l'inattention des hommes qui déchargent de gros sacs de farine, Dominique se faufile à l'intérieur. C'est comme se promener dans un de ses rêves préférés. Des ingrédients savoureux s'étalent à perte de vue devant elle. Ravie, elle s'avance tout en faisant un inventaire mental de tout ce dont elle pourra se régaler une fois que ce sucre rose, ces petits bonbons, ce chocolat et ce gingembre seront utilisés dans les meilleurs biscuits au monde.

— Je te dis que cette recette est infaillible, dit alors une voix qui semble venir de très près derrière elle.

Oh mon Dieu ! Qu'est-ce que je vais faire ? Il faut absolument que je sorte d'ici. Sinon, j'irai en prison cette fois.

En effet, Dominique n'en est pas à son premier délit de ce genre. Mais elle pénètre habituellement dans des lieux abandonnés. Car Dominique, en plus d'être gourmande, est très curieuse. Et un ami de son père qui est policier lui a dit que si elle recommençait, il l'enfermerait dans une cellule pour lui apprendre à être plus discrète.

— Comment peux-tu en être sûr ? répond une voix plus grave, et malheureusement plus proche encore.

Zut, je ne peux pas sortir, ils sont trop près ! Il faut que je me cache. Elle se fait vite toute petite (ce qui n'est pas difficile car elle n'est pas tellement grande de toute façon) derrière un énorme baril rempli de noix de coco.

— Je l'ai testée des centaines de fois, qu'est-ce que tu crois ? C'est mon invention après tout. Prends-en ma parole, tes biscuits aux brisures de chocolat vont faire fureur. Tout le monde en redemandera et nous deviendrons millionnaires en un rien de temps.

— On devrait l'utiliser aussi dans les autres sortes alors.

— Non, dans les autres sortes, elle aurait un arrière-goût. Et les arrière-goûts, ça rebute les clients.

Pour une raison que Dominique ne peut comprendre, les deux hommes ont l'air de trouver cette remarque très spirituelle car ils s'éloignent en riant de bon cœur. Aussitôt que le chemin est libre, elle court vers sa bicyclette et reprend le chemin de la maison, jubilant à la pensée de ce qu'elle va pouvoir raconter à Mathieu et Olivier.

*   *   *

Aussitôt qu'ils la voient arriver, ces derniers lui disent :

— Tu n'as plus rien à craindre maintenant, Dom. Nous avons repris le laser.

— Oui, grâce à notre courage intrépide, plus personne n'est en danger.

— C'est ce que vous croyez, répond-elle d'un ton mystérieux, piquée au vif par leur air de supériorité. Pendant que vous perdiez votre temps à chercher un laser imaginaire, moi je découvrais un véritable complot.

— Tu parles !

Dominique a beaucoup de mal à contenir son indignation devant le peu de cas que ses camarades font de son énigme. Ils ne la croient évidemment pas. Elle ne va sûrement pas leur laisser avoir le dernier mot.

— Parfaitement ! Un vrai mystère ! Mais je ne crois pas avoir besoin de votre... courage intrépide, ni de votre grande modestie, pour y trouver une solution. Je vous laisse à vos jeux, j'ai plus important à faire.

Avec un regard plus appuyé à Olivier lorsqu'elle lance cette dernière pointe, elle sourit d'un air victorieux puis entre chez elle sans autre explication. Mais sitôt la porte fermée, elle rage de nouveau.

— Zut de zut ! Ces fichus imbéciles ont encore trouvé le moyen de me faire rater mon coup. J'aurais bien aimé leur raconter ce qui est arrivé à la vieille usine et savoir ce qu'ils pensent de la recette secrète. On aurait pu essayer de la découvrir tous les trois. Mais non, il a fallu qu'ils gâchent tout. Ce qu'ils m'énervent !

Puis elle se calme.

— Aussi bien au fond. Ils auraient sûrement décidé d'y aller sans moi. Et il n'en est pas question, c'est mon complot !

*   *   *

Tous les jours donc, Dominique prend un tas de précautions pour ne pas être vue des garçons pendant qu'elle se rend à l'usine dans l'espoir d'en apprendre plus long sur ce qu'elle y a entendu. Mais deux semaines passent et elle n'a toujours rien découvert.

Puis, le jour J arrive. C'est l'ouverture et une longue file de gens se trouve déjà devant la porte. Il faut dire que rien n'a été négligé en ce qui a trait à la publicité et tout le monde se fait une joie de goûter enfin aux délices promises.

— Cela nous manquait, une bonne pâtisserie, n'est-ce pas Sarah ?

Sarah est la mère de Dominique, et celui qui s'adresse ainsi à elle est Philippe, un ami de son père et le bibliothécaire favori de tout le monde. Dans un endroit comme Bouquinville, où tout le monde lit et où toutes les rues portent le nom d'un livre célèbre, le bibliothécaire (et auteur en plus) fait figure de héros.

— Je partage tout à fait ton avis.

— Et notre jeune amie aussi, j'en suis sûr.

Il tapote alors la tête de la fillette, qui trouve aussitôt un prétexte pour s'éloigner. Elle ne sait pas trop pourquoi mais tout ce que Philippe dit ou fait l'agace, la rend mal à l'aise. Pourtant, elle le connaît depuis qu'elle est toute petite car il fait partie du « Club des Quatre » formé par Hugo, son père, Gilbert, le père de Mathieu et Olivier, Paul, l'ami policier, et lui-même. Mais elle n'a jamais pu le trouver sympathique alors qu'elle adore les trois autres. Olivier et elle se sont souvent querellés à ce propos. Lui trouve Philippe génial sous prétexte qu'il écrit des livres que personne ne comprend et qui, de l'avis de Dominique, n'intéressent personne.

Elle en est là de ses pensées lorsque les portes s'ouvrent, laissant échapper une exquise odeur de pâtisserie chaude. Le propriétaire accueille ses clients avec un large sourire tout en leur vantant ses produits, en particulier les biscuits aux brisures de chocolat.

— Essayez-les, mesdames et messieurs. Vous verrez que vous n'en avez jamais mangé d'aussi bons.

Conquis par son air bon enfant et la fierté évidente qu'il démontre, la plupart des gens en achètent. Cependant, une lueur bizarre dans ses yeux, qui ne dure qu'un instant mais n'échappe pas à Dominique, remplit soudain la fillette d'inquiétude. La conversation entendue deux semaines plus tôt, bien que n'ayant toujours aucune signification pour elle, lui semble maintenant sinistre. Et alors que plus tôt elle en avait parlé aux garçons sans vraiment y croire, par dépit, elle n'est plus très sûre qu'elle n'avait pas raison au fond. Même qu'en y réfléchissant, elle est de plus en plus certaine qu'il se manigance quelque chose. Et rien qui vaille.

Il faut faire quelque chose, mais quoi? Je ne sais même pas ce qu'ils ont en tête. Et puis elle doit bien s'avouer que l'idée d'affronter seule les deux hommes la terrifie. Un combat intérieur s'engage alors entre sa crainte et son orgueil. La crainte gagne. La mort dans l'âme et prête à attaquer à la moindre remarque moqueuse, Dominique décide donc de se confier à Mathieu et Olivier.

Chapitre 2

L'aventure commence

À la grande surprise de Dominique, les garçons la prennent aussitôt
au sérieux.

— Il faut découvrir quelle est cette
fameuse recette. Et à quoi elle sert.

— Tu as raison, Olivier. Mais
comment ?

— On devrait essayer d'aller voir la
nuit ce qui s'y passe.

Mathieu a toujours rêvé d'aventu-
res nocturnes et cela lui semble une
bonne occasion. Mais ce n'est pas
l'avis d'Olivier.

— Mais enfin, Matt, est-ce que tu
crois qu'ils vont laisser cela sur une

tablette avec une belle étiquette dessus ? Contient tel et tel ingrédient et a tel effet ?

Dominique est aux anges. Elle a toujours été en admiration devant l'intelligence d'Olivier. Bien entendu, elle préférerait mourir que de l'admettre, mais elle ne peut s'empêcher d'être charmée par son esprit. Surtout quand il s'en sert contre son jeune frère plutôt que contre sa ravissante voisine. Au grand ennui de Dominique, le jeune frère du héros, qui brûle déjà de l'envie de se jeter dans l'aventure, ose défendre son point de vue.

— Tu as une meilleure idée alors ?

— Mais certainement, répond Olivier au grand plaisir de Dominique. Nous devons observer d'abord ce qu'il y aura de changé une fois que les gens auront mangé de ces fameux biscuits. Mes parents en ont acheté. Et les tiens, Dom ?

— Aussi.

— Bon. Nous ne devons en manger sous aucun prétexte et étudier la situation. Nous noterons aussi tout ce qui nous semblera différent.

— Mais suppose que ce soit du poison ? Il sera trop tard lorsqu'ils en auront mangé.

— Réfléchis un peu, Matt ! Si c'était du poison, plus personne ne serait là pour en redemander. Nous devrons aussi garder le pâtissier à l'œil. Dis, Dom, tu as remarqué son nom ?

— Dupont, je crois. C'est ce qui est écrit sur la devanture du magasin.

— C'est sûrement un faux nom. Ah oui, je le parierais !

Pour l'ardent détective qu'est Mathieu, un nom aussi commun que Dupont ne peut que cacher une personnalité louche. Son visage reflète si ouvertement cette conviction profonde qu'Olivier sourit et en admet la possibilité, plus pour lui faire plaisir que parce qu'il la croit exacte.

— Peut-être bien, Matt. Et puis, il faudrait aussi surveiller le deuxième homme. Tu le reconnaîtrais ?

— Je ne l'ai pas vu, seulement entendu. Mais je reconnaîtrais sa voix, j'en suis sûre. Elle était un peu bizarre. Assez haute et comme si elle sortait d'un micro.

— Bien. Ce ne devrait pas être difficile à identifier. Mettons-nous au travail ! On se retrouve ici tous les jours
après l'école pour comparer nos notes.
Si quelque chose d'urgent survient,
on utilise le signal. D'accord ?

Le signal en question peut être
visuel (former des cornes avec deux
doigts) ou auditif (double aboiement),
selon les circonstances. Ils l'utilisent
depuis quelques années déjà.

— D'accord, répondent les deux
autres.

* * *

Les trois premiers jours, les résultats sont plutôt décevants. Il y a peu de
changements à noter, sinon que les
biscuits aux brisures de chocolat con-
naissent une faveur grandissante.
Plus les gens en mangent et plus ils
veulent en manger. Et plus ils veulent
que les autres en mangent. Mais
jusqu'ici, les trois aventuriers ont
repoussé les avances de leurs parents
en leur disant qu'ils sont sur une mission importante et que cela amoindri-

rait leurs facultés intellectuelles. Habitués à leurs jeux, les parents ont souri avec indulgence et n'ont pas protesté. Aucune lueur inquiétante n'a été revue dans le regard de M. Dupont, qui ne semble être après tout qu'un amical pâtissier, heureux de son succès. Et aucune trace du deuxième homme.

— À première vue, ce n'est pas très encourageant.

Dominique pousse un soupir.

— À deuxième vue non plus, si tu veux mon avis.

— Oui, ça manque d'action. Peut-être qu'il n'y a rien de suspect après tout.

— Je ne suis pas d'accord, Matt. Nomme-moi un seul autre produit, même venant de cette pâtisserie, que nos parents achètent aussi souvent. C'est bien simple, on dirait que la seule idée d'en manquer leur est insupportable. Les as-tu déjà vu agir ainsi avec quelque autre dessert ou produit que ce soit ?

— Non, tu as raison. Sauf papa avec ses cigarettes. Mais je n'ai jamais vu maman se comporter de cette façon.

— C'est pareil chez moi. Ils en mangent tellement que ça m'enlève le goût de les essayer. Ce n'est même pas un effort pour moi de ne pas y goûter. Et pourtant, je m'en faisais une si grande joie quand j'ai vu l'annonce.

— Aussi bien alors. Tu serais devenue aussi grosse que notre institutrice.

— Très spirituel ! répond Dominique avec ce qu'elle espère être un souverain mépris. Mais l'espiègle Mathieu voit qu'il a touché un point sensible et il éclate de rire.

L'institutrice de Mathieu et Dominique, adorée par tous ses élèves mais n'étant, en effet, pas très mince, Olivier a un bref sourire en imaginant Dominique dans les mêmes proportions.

Mais il revient vite à ses moutons.

— Un peu de sérieux, voyons ! Je suis sûr que Dom a raison et qu'il y a quelque chose de louche dans toute cette histoire.

Dominique lance un regard triomphant à Mathieu, qui lui fait une grimace en retour.

— On va continuer notre observation encore deux jours et, si rien de nouveau ne se produit, on fera alors une excursion de nuit, comme Matt l'a d'abord proposé.

Chapitre 3
La menace se précise

Le lendemain, ils se rencontrent comme à l'accoutumée sous le pommier dans le jardin des deux garçons. Encore une fois, leurs notes ne contiennent rien de nouveau. Mais quelque chose dans le ton légèrement mal assuré de Dominique intrigue Olivier.

— Qu'est-ce qu'il y a, Dom ? Quelque chose te préoccupe ?

— Oui, mais je ne sais pas si cela a un rapport quelconque.

— Dis toujours, reprend-il gentiment car elle a vraiment l'air inquiet. On pourra peut-être t'aider.

— C'est le bébé, répond-elle, et les larmes lui viennent aux yeux.

Dominique a en effet un tout petit frère âgé de onze mois qu'elle adore. C'est un enfant très vif et gai.

L'inquiétude gagne Mathieu.

— Qu'est-ce qu'il a, Frédéric ?

— Je l'ignore. Mais vous savez comme il est habituellement plein d'énergie, comme il gigote et s'amuse.

— Oui, et maintenant ?

— Il reste tout bonnement assis durant des heures avec un sourire béat. Et il n'a presque aucune réaction quand on lui parle.

Dominique fond en larmes. La peur étreint tout à coup Olivier. Il craint la réponse à sa prochaine question.

— Dom ?

— Oui ?

— Est-ce qu'il a mangé de ces biscuits ?

— Ma mère lui en a donné quelques-uns car il ne restait plus de biscuits pour la dentition. Tu crois ?... Oh mon Dieu !

Les trois enfants se regardent, les yeux écarquillés par l'horrible éventualité.

— Si les biscuits sont vraiment la cause de cela, c'est plus sérieux que je ne le croyais. Nous allons peut-être avoir besoin d'aide. Il va falloir agir vite. Nous devons à tout prix retrouver l'inventeur de cette formule. Dom, tu empêches Freddy de manger de ces biscuits chaque fois que tu le peux. Attends, je reviens tout de suite.

Olivier part en courant et revient quelques minutes plus tard avec trois dollars qu'il a pris dans sa tirelire.

— Voilà ! Va chercher d'autres biscuits pour la dentition. Si tes parents sont comme les miens, ils vont sans doute se dire que ce n'est pas nécessaire, que les autres sont bien meilleurs et font tout aussi bien l'affaire.

— Sûrement, dit Dominique avec ressentiment. Ils ne jurent plus que par ces biscuits. Ils sont vraiment bizarres.

— On devrait les tester.

Le ton inhabituellement songeur de Mathieu intrigue son aîné, qui se retourne brusquement.

— Qu'est-ce qu'on devrait tester, Matt ? Les biscuits ?

— Ce ne serait pas une mauvaise idée. Mais je parlais des parents.

— Et comment veux-tu faire cela ?

— On pourrait faire des choses pour lesquelles ils nous gronderaient normalement et voir comment ils réagissent. Si quelques biscuits ont un effet aussi puissant sur Frédéric, sûrement que la quantité qu'ils consomment va avoir une influence sur eux aussi.

Olivier a un sourire radieux et approuve le projet de son frère d'une généreuse claque sur l'épaule de celui-ci.

— Matt, tu es génial ! Ça vaut le coup d'essayer. On s'y met ce soir.

Et les enfants se séparent après s'être mis d'accord sur différentes tactiques à utiliser afin de tester les réactions de leurs parents.

*   *   *

Le jour suivant, nos trois amis se retrouvent dans la désolation la plus complète.

— Franchement, les gars, je n'arrive pas à le croire. Ma mère, qui est propre à en être maniaque, n'a même pas levé le sourcil lorsque j'ai vidé tout le tube de pâte dentifrice dans le lavabo. Ni même lorsque j'ai écrit « Je t'aime, papa » avec son rouge à lèvres dans le miroir de leur chambre à coucher. En temps normal, elle aurait été furieuse à moins. Elle et papa se sont simplement regardés en souriant et ont dit une platitude dans le style : « Il faut bien que jeunesse se passe. » Tu parles !

— Même chose chez moi. J'ai mis une couleuvre dans la baignoire juste avant que maman prenne son bain et de la poudre à gratter dans le pyjama de papa, et tout ce qu'ils ont fait a été de vanter mon imagination. Je n'ai même pas été privé de télévision.

— Et c'est habituellement la punition la plus légère chez nous, à part la privation de dessert.

— Même Olivier, qui est sage comme une image, y est allé de son petit tour. Il a mélangé plusieurs données dans l'ordinateur de papa. Là

31

encore, pas de réaction autre que :
« J'ai toujours dit que ce petit-là avait
une grande curiosité scientifique. » À
les entendre, on aurait dit que nous
étions à notre meilleur.

— Pour ça, Matt, ils sont vraiment
d'une indulgence écœurante. Il n'y a
pas d'autre mot.

— Ils ne nous accordent même
plus assez d'importance pour nous
gronder, remarque tristement
Dominique.

Et tous les trois restent silencieux
quelques minutes pendant que s'agi-
tent dans leurs têtes de sombres pensées provoquées par la perspective
d'avoir des parents d'une indifférence
permanente. Puis, Olivier se secoue :

— Dis, Dom, qu'est-ce qui se passe
pour Freddy ?

— Je ne sais pas encore. Mais ma
mère, touchée par mon intérêt pour la
santé de mon petit frère, veut bien
continuer de lui donner des biscuits
pour la dentition puisque j'y tiens tellement. Bien qu'elle-même n'en voie
pas l'utilité.

— Un souci de moins de ce côté. Je me demande...

Mais Dominique se raidit brusquement.

— Écoutez ! ordonne-t-elle à ses deux compagnons.

Ils entendent, venant de la rue, une voix qui prononce des mots indistincts.

— C'est lui !

— L'inventeur ? demande Olivier.

Elle n'a pas aussitôt fait oui de la tête que Mathieu part en courant vers la maison et revient en un rien de temps, porteur d'un mini-magnétophone.

— Mais c'est à papa ! Il va être furieux !

— Chut ! Suivons-le ! Il ne faut pas le perdre !

Mathieu se sent dans son élément lorsqu'il y a de l'action. Il se met en marche avec assurance et les autres lui emboîtent le pas sans hésitation. Les enfants suivent donc l'homme à distance respectueuse jusqu'à ce qu'il frappe à la porte d'une maison. Cachés derrière la haie, ils voient M.

Dupont lui ouvrir et le faire entrer. M. Dupont regarde alors précautionneusement alentour puis referme la porte.

Chapitre 4
Chez M. Dupont

— Et maintenant, Mathieu, que faisons-nous?

— Nous nous approchons. Nous devons enregistrer ce qui va se dire.

— Tu es fou! Nous ne pourrons jamais nous approcher d'eux à ce point.

— Tu connais papa. Il achète toujours la meilleure qualité. Je suis convaincu que ce magnétophone peut fonctionner à une bonne distance, à la condition bien sûr que nous trouvions un endroit d'où nous pouvons entendre ce qui se dit. Je crois qu'ils sont là-haut, j'ai vu des ombres derrière les rideaux. Faisons le tour et voyons si nous pouvons entrer quelque part.

Se sentant à la fois peu rassurés et excités par l'aventure, les trois amis s'exécutent aussitôt. Mais peine perdue, aucune issue ne leur est ouverte.

— La fenêtre est peut-être entrouverte là-haut. Et il y a cet arbre...

— Mathieu, tu es cinglé! Tu n'as pas l'intention de monter là-dedans?

— Pourquoi pas? Il y a une belle branche qui va jusque sous la fenêtre. Si cette dernière est seulement entrouverte, je vais pouvoir enregistrer de là.

— Mais regarde-la cette branche, idiot! Elle ne supportera jamais ton poids.

— Merde, tu as raison! peste Mathieu. Mais elle supportera le tien, ajoute-t-il froidement.

Il tend alors le magnétophone à la fillette tout en lui en expliquant le maniement. Cette dernière le regarde hébétée, puis recule légèrement.

— Ne fait pas l'idiote! siffle-t-il alors entre ses dents. Tu es la plus petite de nous trois et la plus légère.

Tu dois y aller. Ceci n'est pas un jeu et depuis le temps que tu nous serines que les filles ne sont pas des poules mouillées, il faudrait bien que tu nous le prouves.

Piquée dans son orgueil, Dominique lui arrache le magnétophone des mains et grimpe dans l'arbre d'une façon un peu matamore.

— Dom, fais attention, bon sang! On ne sera pas plus avancés si tu te casses quelque chose.

Dominique se calme, malgré les battements intenses de son cœur. Doucement et péniblement, elle se glisse sur la branche. Pouce par pouce, elle avance jusqu'à l'extrémité de la fenêtre. *Hourra, elle est ouverte!* Elle fait le signal aux deux garçons et Olivier lui montre son oreille. Elle écoute et perçoit distinctement ce qui se dit. Elle refait le signal et Mathieu lui indique alors de mettre le magnétophone en marche; elle s'exécute immédiatement, puis elle s'agrippe fermement à la branche et prête l'oreille aux propos des deux complices.

* * *

— Tout y est, tu peux compter si tu veux, dit la voix de M. Dupont.

— Mais non, dit l'autre. Je te fais confiance. Ce ne serait pas à ton avantage de me tromper de toute façon, n'est-ce pas?

À l'intérieur, le mystérieux personnage, bien assis dans un fauteuil, ramasse la liasse de billets que M. Dupont vient de déposer sur la table et l'empoche sans même la regarder.

— En effet. Cette recette est vraiment miraculeuse. Qu'y a-t-il dedans?

M. Dupont lui ayant tendu un verre en posant cette question, son complice lève celui-ci et répond avec ironie :

— Tut, tut, pas de curiosité malsaine, mon ami.

— Bon, garde tes secrets. Mais comment se fait-il que les gens en achètent autant?

— Ça, je veux bien te le dire. Tu ne pourrais plus reculer maintenant, même si tu le voulais. Quoique je ne croie pas que les scrupules t'arrêteront une fois que tu le sauras. Et puis, ça me fait plaisir de pouvoir parler de mes projets à quelqu'un qui est pleinement en mesure d'apprécier mon génie.

Au tour de M. Dupont de lever son verre.

— Mon cher, sans vouloir te vexer, si cela m'apportait des millions, j'apprécierais le génie d'un chimpanzé.

Le deuxième homme rit d'un rire aussi bizarre que sa voix.

— Je sais. Nous sommes de la même espèce tous les deux. Mais toi, tu aimes l'argent pour l'argent.

M. Dupont hausse les épaules pour montrer le peu de cas qu'il fait de cette réponse.

— Et quelle autre raison y a-t-il d'aimer l'argent ?

— Le pouvoir, mon ami, le pouvoir. Il n'y a rien de plus grandiose que le pouvoir, et c'est ce que je vise : le pouvoir total. Et avec tes talents culinaires pour m'aider, j'ai très confiance d'y arriver.

— Comment cela ?

Le complice pose son verre sur la table et déambule dans la pièce, emporté par la passion qu'il ressent pour ce sujet.

— Vois-tu, grâce à ma recette, chaque fois qu'un biscuit est mangé, il détruit une toute petite partie de l'individualité de la personne qui le mange. Une si petite partie qu'elle ne s'en aperçoit même pas. Elle prend un autre biscuit, qui en détruit une autre, et ainsi de suite jusqu'à ce qu'elle devienne sans défense et heureuse de l'être. Un peu comme avec la publicité, si on veut. Qu'est-ce que la publicité, après tout ? Quelque chose qui fait croire aux gens que s'ils utilisent tel ou tel produit, ils seront plus beaux, plus séduisants, plus intelligents. Et des millions de gens sont chaque jour conquis par un produit quelconque. Là en quoi ma recette est différente, c'est qu'elle détruit le libre arbitre, la faculté de choisir. Une personne influencée par la publicité peut choisir de croire que telle marque de cigarette vaut mieux que telle autre, que telle lotion rendra sa peau plus douce que telle autre. Mais aucune de celles qui mangent de nos biscuits n'échappera à leur effet. Elle en voudra d'autres et toujours d'autres. Et chaque biscuit fera d'elle une de nos créatures.

Mais c'est terrible ! Sur sa branche, Dominique est figée d'horreur.

— Cette petite ville, continue le sinistre personnage, n'est que le début, mon ami. Une fois que tous les gens de Bouquinville feront ce que nous voulons, diront ce que nous dirons, tout en se croyant toujours les maîtres, nous ouvrirons une autre pâtisserie ailleurs. Et encore une autre, et encore une autre, jusqu'à ce que nous contrôlions le monde entier !

Cet homme est complètement fou ! pense M. Dupont. *Mais aussi long-temps que cela me rapporte de l'ar-gent, je m'en moque éperdument.* Sur un ton poli, il demande à son interlocuteur :

— L'effet est irréversible alors ?

— Je le crois. Mais bien entendu, je ne me suis jamais attardé à chercher un antidote.

La conversation se poursuit banalement pendant que les deux hommes redescendent. La fillette fait signe à ses compagnons de se cacher. Tous les trois se tiennent cois jusqu'à ce que l'homme soit trop éloigné pour les voir ou les entendre. Prudemment, Dominique descend alors de l'arbre et rejoint ses deux amis.

— Tu es bien pâle, Dom. Est-ce qu'ils ont dit quelque chose d'intéressant?

— Olivier, ça veut dire quoi « irréversible »?

— Je crois que ça veut dire « qui ne peut revenir en arrière ou se défaire ».

— C'est bien ce que je craignais, laisse-t-elle échapper dans un gémissement.

— Mais enfin, Dominique, vas-tu nous dire ce qui s'est passé?

Mais elle leur tend simplement le magnétophone, puis sort de sa torpeur pour déclarer:

— Je suis en retard pour souper.

Sur ces mots, elle les quitte brusquement. Les deux garçons se regardent, surpris, puis se dirigent eux
aussi vers la maison.

Chapitre 5
Ami ?

Tout au long du chemin, des pensées tumultueuses se heurtent dans
l'esprit de Dominique. *C'est affreux !*
Qu'est-ce que nous allons faire ? Arri-
vée chez elle, elle voit dans l'allée la
Volvo verte de Paul, l'ami de son père
qui est policier. Sa première crainte
est qu'ils aient été vus en train d'es-
pionner chez M. Dupont et que Paul
soit venu pour l'arrêter comme il l'en
avait prévenue. Mais elle est vite rassu-
rée par sa mère qui l'accueille en
disant :

— Mais où étais-tu, Dominique ?
Tu es en retard. Va vite te laver les

mains et viens nous rejoindre à table. Paul soupe avec nous.

— Oui, maman.

C'est vrai. Nous sommes le troisième samedi du mois, soir de la réunion du Club des Quatre. J'aurais dû y penser. Et ce soir, c'est Paul qui soupe chez nous.

En tout autre temps, la fillette aurait bondi de joie à cette nouvelle. Elle a toujours adoré Paul. Mais ce soir-là, le souper se déroule comme dans un cauchemar. Dominique meurt d'envie de se confier à Paul mais elle est certaine qu'il ne la croira pas, habitué comme il l'est à son imagination fertile. *Peut-être qu'il est aussi un adepte de ces fichus biscuits !* Dans l'état d'énervement où elle se trouve, chaque remarque banale de ses parent lui donne envie de hurler. Paul la regarde d'un air qui lui semble très soupçonneux. Frédéric joue sans bruit dans son coin.

— Tu prendras bien quelques biscuits, Paul. Ils sont délicieux, je t'assure.

— Je n'en doute pas, Sarah, mais non merci. Mon foie proteste vigoureusement contre ces desserts riches. Je n'en mange jamais.

L'espoir intense qui illumine pour un bref instant le visage de Dominique à cette réponse apparemment sans importance n'échappe pas au regard perspicace de Paul. Il l'observe, plus intrigué que jamais. Car ce qu'elle prenait tantôt pour un air soupçonneux n'était en réalité qu'une curiosité bienveillante. *Quelque chose trouble ma jeune amie. Je dois découvrir ce que c'est.*

— Il fait un temps superbe ce soir, remarque Hugo.

Saisissant aussitôt l'occasion offerte, Paul réplique, mine de rien :

— Il fait en effet très doux pour un soir de septembre. Ce serait l'occasion rêvée, n'est-ce pas, princesse ?

« Princesse » est le surnom affectueux que Paul lui donne depuis toujours. Dominique se rend soudainement compte qu'il lui a adressé la parole. Mais comme elle n'écoutait pas, elle le regarde maintenant sans comprendre et, au grand étonnement de Paul, avec un peu d'effroi.

— Je disais que ce serait l'occasion rêvée de t'offrir une crème glacée. Il fait si beau, ce soir.

Encore une fois, le visage de la fillette est éclairé par un rayon d'espoir. « Dis oui », lit-elle clairement dans le regard de son ami.

— Oui, c'est vrai ! répond Dominique avec l'empressement d'un naufragé à qui on tend une bouée.

— D'autant plus que ce sera probablement la dernière de la saison. Vous n'avez pas d'objections ?

— Mais non, voyons ! répondent les parents de Dominique avec un sourire indulgent. Vas-y, chérie, et amuse-toi. L'enfance est si vite passée.

Paul leur lance un regard perplexe et sort avec la fillette.

* * *

Pendant quelques minutes, ils roulent en silence. Souvent, Paul regarde obliquement sa jeune compagne et voit qu'elle lutte intérieurement pour garder sa maîtrise d'elle-même. Bien que ses yeux trahissent une frayeur encore inexplicable pour lui, son petit menton pointe résolument vers l'avant. Tout son être semble dire : « Je ne dois pas céder. » À la fois attendri et curieux, Paul arrête la voiture dans un endroit approprié, se tourne vers Dominique et lui dit :

— Et maintenant, princesse, dis-moi ce qui ne va pas.

Devant ce ton plein de tendresse, le barrage qu'elle vient d'ériger vaillamment s'écroule. À la surprise de Paul, elle lui saute au cou en sanglotant et en prononçant toutes sortes de paroles incohérentes :

— Oh, Paul, c'est tellement affreux ! Ne me mets pas en prison, je t'en prie. Je ne voulais pas mal faire, je te jure...

— Mais qu'est-ce que tu racontes ? Pourquoi te mettre en prison ?

— Je voulais seulement voir... raconte-t-elle d'une voix entrecoupée de sanglots. Voir ce qu'il y aurait dans les meilleurs biscuits au monde... Et ces deux hommes sont arrivés... Ils sont si méchants...

— Ils t'ont fait du mal ?

Si cela avait été le cas, le ton de Paul n'aurait rien auguré de bon pour ces derniers.

— Non, mais ils ont une recette... Et tout le monde achète ces horribles biscuits... Et ils deviennent comme des robots... Frédéric et mes parents... Et c'est irrésistible ou quelque chose comme ça... Et Olivier dit que...

Elle se met à sangloter de plus belle. Paul la serre contre lui et lui caresse les cheveux en murmurant des paroles réconfortantes. Il connaît bien l'imagination des trois mousquetaires, comme il les appelle. Mais jamais auparavant il n'a vu Dominique dans un état pareil. Il est franchement inquiet, d'autant plus qu'il a trouvé l'attitude de ses parents bizarre sans pouvoir en déterminer la raison. Frédéric aussi était trop tranquille. Et la détresse de sa petite princesse lui donne à penser que, cette fois, il doit la prendre au sérieux. Peu à peu, la fillette se calme. Elle est soulagée de

s'être confiée à un adulte et la compré-
hension de Paul la rassure.

— Ça va mieux maintenant ?

— Oui.

— Très bien. Tu sais ce qu'on va
faire ? On va aller chercher cette glace
et aller la manger dans le parc. Tu
pourras alors me raconter tout ce qui
se passe avec le plus de détails possible. D'accord ?

— Tu me crois ?

— Bien sûr que je te crois.

*   *   *

Une fois la glace mangée, Dominique raconte son aventure depuis le
début. Paul l'écoute avec attention, ne
posant qu'une question ici et là pour
plus de précision.

— Et cette intéressante conversation a été enregistrée, dis-tu ?
demande-t-il à la fin de son récit.

— Oui, enfin je l'espère. J'ai mis
l'appareil en marche et s'il est aussi
bon que Mathieu le dit, ça devrait
fonctionner.

— Bien. Nous irons le leur demander tantôt.

— Mais leurs parents ? Ils vont se
poser des questions.

— Mais non. Tu les appelleras avec
le signal.

— D'accord.

— Je comprends maintenant
pourquoi tu as semblé si contente que
je ne mange pas de ces biscuits.

Dominique lui lance un sourire
radieux et l'embrasse sur la joue.

— Je vais aller en acheter tout à
l'heure.

Devant l'air alarmé de l'enfant, il
ajoute :

— Pour les faire analyser, bêta.

— Oui, bien sûr, répond Dominique, un peu honteuse de s'être
effrayée aussi vite.

— Il faut absolument trouver ce
qu'il y a dans ces biscuits. Et quelque
chose pour contrer l'effet qu'ils ont.

— Mais il a dit que c'était
irrésistible !

— Irréversible, tu veux dire ?

— Oui, c'est ça. Et Olivier m'a
expliqué ce que ça veut dire.

Dominique pousse un soupir découragé.

— Et pourtant, Frédéric jouait tantôt. Bien sagement, contrairement à son habitude, mais il jouait quand même.

— C'est vrai ! Et je ne l'avais même pas remarqué !

— Après ce qui venait de t'arriver, c'est normal. Mais cela semblerait indiquer que l'effet de ces biscuits n'est pas permanent, qu'il s'efface lorsqu'on cesse d'en manger. Au moins si on n'est pas encore trop gravement atteint. Le problème vient du fait que les gens sont poussés à en manger toujours plus.

— Nos parents en mangent sans arrêt. Tu crois que je devrais cacher leurs provisions ?

— Je ne sais pas. Ça les rendrait peut-être agressifs. Attends que j'aie les résultats de l'analyse. Mais garde Frédéric à l'œil et empêche-le d'en manger d'autres.

— C'est ce qu'Olivier m'avait dit aussi.

— Oui, il est intelligent ce petit.

— N'est-ce pas? répond-elle d'un ton si fervent qu'il la regarde amusé. Voyant cela, Dominique rougit jusqu'aux oreilles.

— J'ai un rival alors?

— On va chercher la cassette? demande-t-elle, histoire de détourner la conversation. Paul acquiesce en riant.

Chapitre 6
Ennemi ?

Sur le chemin du retour, ils arrêtent à la pâtisserie pour aller chercher les biscuits. M. Dupont, enchanté d'avoir un nouveau client, louange leur goût tout à fait spécial.

— Vous en redemanderez, vous verrez !

Paul sourit poliment et le photographie mentalement, se promettant d'examiner toutes les photos pour voir s'il est fiché quelque part. Quelques minutes plus tard, Dominique et lui sont sous le pommier à attendre les garçons. Mathieu arrive le premier.

— Où est Olivier ?

— Il vient tout de suite, Dominique. Il est allé rapporter le magnétophone de papa avant que celui-ci ne s'aperçoive qu'il était disparu. Philippe soupait chez nous et nous n'avons pas pu le faire avant.

— Et la cassette, vous l'avez écoutée ?

Ce n'est qu'à ce moment-là que Mathieu s'aperçoit de la présence de Paul. Inquiet, il regarde Dominique.

— Ça va, je lui ai tout raconté. Tu peux répondre.

— Tu n'aurais pas dû, Dom.

La fillette se tourne vers Olivier, qui vient d'arriver et qui fixe Paul d'un regard plutôt hostile.

— Qu'est-ce qui te prend, Olivier ? Tu es bizarre. Pourquoi n'aurais-je pas dû ? Tu as dit toi-même que nous aurions besoin d'aide.

— Mais ce n'était pas à lui que je pensais.

Dominique prend aussitôt la mouche.

— Ça, c'est sûr ! Tu aurais sans doute préféré Philippe !

— Et pourquoi pas ? Il est génial !
Si quelqu'un peut nous aider, c'est
bien lui.

— Parce que Paul n'est pas intelligent, lui ?

Paul s'interpose avant que la que-
relle ne devienne sérieuse.

— Écoutez, les enfants, je n'ai pas
beaucoup de temps à vous consacrer
pour le moment. C'est le soir de notre
réunion. Je sais que tu ne m'aimes
pas tellement, Olivier. Je sais que tu
aurais préféré te confier à Philippe.
Mais que cela te fasse plaisir ou non, je
suis au courant. Et je veux vous aider.
D'ailleurs, il ne t'est pas venu à l'idée
que Philippe pourrait ne pas te
croire ? Il en mange peut-être de ces
biscuits, lui aussi.

— Et tu n'en manges pas, toi ?

— Non. Je ne mange jamais de
dessert.

— Qu'est-ce que c'est que cela
alors ? le défie Olivier en désignant le
sac contenant les biscuits. Je reconnaîtrais cette odeur détestable n'im-
porte où.

— C'est vrai, ce sont en effet de ces fameux biscuits. Je viens de les acheter pour les faire analyser et déterminer ce qu'ils ont de différent. Alors, tu me la prêtes, cette cassette ?

Olivier n'est évidemment pas convaincu mais il se tranquillise et semble mesurer la situation. Dominique en profite pour plaider en faveur de son ami.

— Je t'en prie, Olivier, sois raisonnable ! Ce n'est pas un de nos jeux et ces hommes sont dangereux. Nous avons besoin d'aide et Paul est avec nous. S'il te plaît, prête-lui la cassette.

Le jeune garçon se tourne alors vers Paul, qui soutient fermement son regard mais sans chercher à l'intimider. Soudain, la résistance d'Olivier tombe et une grande lassitude s'empare de lui. Sans un mot, il va chercher la cassette et la remet à Paul. Puis il retourne s'enfermer dans sa chambre. Mathieu, quant à lui, se sent plutôt désemparé.

— On va les avoir, n'est-ce pas, Paul ?

— Oui, ne t'en fais pas. Je dois y aller. Restez sur vos gardes et ne commettez pas d'imprudences. Je vous contacterai aussitôt que j'aurai du nouveau.

Chapitre 7
Mini entre en scène

Ce soir-là, Olivier ne peut trouver le sommeil. Trop de pensées contradictoires se pressent dans sa tête. *Pourquoi n'en mange-t-il pas ? Seulement pour ne pas manger de dessert ou parce qu'il ne veut pas de leur effet sur lui ?... C'est idiot ! Je le connais depuis toujours. Même si je ne l'aime pas tellement, ce n'est pas une raison pour le croire criminel... À part moi d'ailleurs, tout le monde le trouve charmant. Mais il faut se méfier de ceux qui ont trop de charme. Philippe me l'a dit maintes fois. Les gens qui ont du charme s'en servent souvent pour*

*cacher autre chose, qu'il m'a dit. Et je
suis sûr qu'il a raison... Je n'aurais pas
dû lui remettre la cassette. Mais si je
ne l'avais pas fait, il aurait su que je le
soupçonne. Il vaut mieux pas.*

Olivier se lève et se rend dans la
chambre de son frère. Mathieu dort
paisiblement. Il s'approche du lit pour
le réveiller puis change d'idée et
rebrousse chemin, refermant doucement la porte derrière lui. Olivier descend alors dans l'atelier de son père,
qui est expert en robotique. Il s'arrête
devant un robot si petit qu'il peut le
mettre dans sa poche. Il a l'air d'un
être humain miniaturisé, mais métallique et doté de clignotants. Ses yeux
peuvent prendre des photos car ils
sont munis de lentilles.

— Mini, il faut que je te parle.

Mini étant un robot qui s'active au
son, aussitôt qu'Olivier parle, des peti-
tes lumières jaunes et bleues cligno-
tent sur sa poitrine. Il s'étire, s'assoit
confortablement sur le bord de la
tablette où il est posé et dit :

— J'écoute.

— J'ai un problème.

Et Olivier lui raconte tout ce qui s'est passé les derniers jours.

— Gros problème, en effet.

— Attends, tu ne sais pas tout. Je crois que Paul peut être le deuxième homme. Celui qui a inventé cette fichue formule.

— Est-ce que tu l'as reconnu ?

— Non, mais ça ne veut rien dire car je suis sûr que cet homme était déguisé. J'en ai été encore plus certain après avoir écouté la cassette. Cette voix n'était pas naturelle du tout, elle était déformée par quelque truc qu'on se met dans la bouche.

— Si nous admettons cette possibilité, elle indiquerait en toute logique que cet homme est bien connu ici. Et qu'il ne tient pas à se faire reconnaître. Même pas par son complice. Ce qui impliquerait que leur association n'est pas basée sur la confiance.

— Paul est bien connu. Et s'il y a quelque chose de louche dans le passé de M. Dupont, il est bien placé pour le savoir. Il lui fait peut-être du chantage.

— C'est possible, mais il n'est peut-être pas le seul qui ait cette possibilité.

Y a-t-il d'autres éléments qui permettent de le soupçonner ?

— Il ne mange pas de biscuits.

— C'est plutôt vague. Peut-être qu'il n'aime pas les biscuits.

— Il dit qu'il ne mange jamais de dessert.

— C'est une chose possible sans que cela cache des intentions criminelles. À moins qu'il ne mente ?

— Je ne sais pas, admet Olivier d'un ton penaud.

— Dans ce cas, considérons logiquement la situation.

Mini se gratte alors la tête en émettant un « bip » pensif. Puis il reprend :

— Donc, vous discutiez dans le jardin lorsque Dominique a entendu l'homme à la voix suspecte, et vous l'avez suivi de là jusque chez M. Dupont ?

— C'est bien ça.

— Tu veux bien me porter à côté de l'ordinateur ?

Olivier prend Mini et le dépose sur la table où se trouve l'ordinateur de son père (celui dans lequel il avait mélangé quelques données la veille).

Mini l'allume et fait apparaître sur l'écran le plan de la ville.

— Voilà. Nous sommes ici. Indique-moi où habite M. Dupont et le trajet que vous avez suivi.

Le garçon s'exécute en marquant leur trajet d'une ligne pointillée et la maison en question d'un X.

— Bien. Est-ce que tu sais où habite Paul ?

— Oui.

— Alors, mets un « P » dessus. Bien... Maintenant, regarde le résultat. Pourquoi Paul serait-il passé sur l'avenue Robinson Crusoé, derrière chez toi — donc très à l'ouest de chez lui — alors qu'il n'avait qu'à remonter l'avenue Don Quichotte ou la ruelle Sherlock Holmes pour se rendre chez M. Dupont ?

— Il aurait pu venir de chez Philippe ou de la piscine municipale. Il y va régulièrement.

— La piscine se trouve plus près des rues Macbeth et Robin des Bois. S'il ne voulait pas se faire reconnaître, et cela semble être le cas puisqu'il s'était déguisé, il aurait dû suivre le

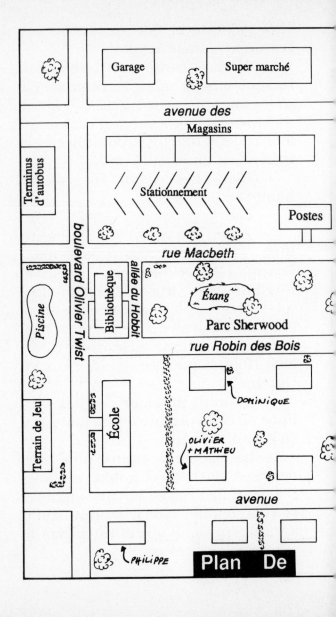

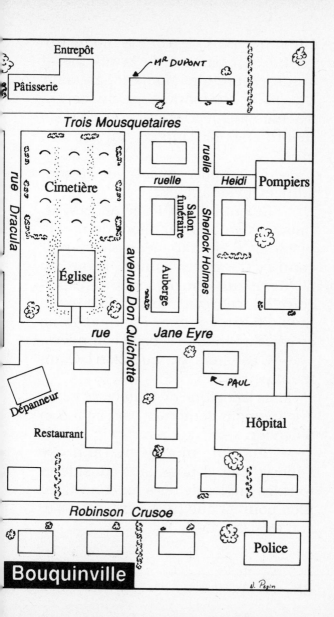

chemin le plus court et le moins fré-
quenté. En partant de la piscine, il
aurait pu prendre Macbeth, piquer à
travers le stationnement du centre
d'achats jusqu'à Dracula, et de là se
rendre chez M. Dupont qui est tout
près.

— Je suppose que tu as raison,
admet Olivier à regret.

— Et puis il y a le déguisement.
Puisque Paul va régulièrement à la
piscine, il y est nécessairement
connu. Comment aurait-il pu s'y
déguiser sans que personne s'en aperçoive ? Il reste évidemment la possibilité qu'il l'ait fait chez Philippe. Dans
ce cas, ou Philippe est son complice...

— C'est hors de question ! Comment peux-tu ?...

Mais la logique de Mini ne se laisse
aucunement démonter par l'agitation
d'Olivier.

— Tut, tut, mon jeune ami. Ne
t'énerve pas. Il nous faut considérer
tous les angles de tes soupçons. C'est
bien pour ça que tu es venu me trouver, n'est-ce pas ?

Comme c'était en effet son but, Olivier se calme.

— Oui. Continue.

— Donc, ou Philippe est son complice, car sinon comment aurait-il expliqué son déguisement ? Ou bien Paul a la clé de chez Philippe et s'y est déguisé en son absence.

Olivier saisit avec empressement la perche que le robot vient de lui tendre.

— C'est sûrement ça ! Paul a les clés de tous les autres membres du Club des Quatre. Ils les lui ont tous laissées parce qu'il est policier et qu'il surveille leur maison durant leur absence.

Mini accueille plutôt tièdement cette théorie.

— Peut-être. Mais, à mon avis, c'est très faible comme possibilité. Je ne vois vraiment pas pourquoi il aurait choisi d'aller se déguiser chez Philippe et augmenter ainsi le risque d'être reconnu en prenant un trajet plus long quand il aurait très bien pu le faire tranquillement chez lui. Il vit seul, n'est-ce-pas ?

— Oui. Mais il aurait pu vouloir éviter qu'un de ses voisins le voie sortir de chez lui dans ce déguisement.

— Supposons que tu aies raison. Crois-tu Paul capable d'inventer une telle formule ?

— À vrai dire, non. Mais j'ai peut-être tort. Après tout, il fait partie du Club des Quatre. Et je trouve les trois autres très brillants. Mon père est un as dans son domaine, tu es bien placé pour le savoir.

— Mon créateur a toute mon admiration.

— Et Hugo, le père de Dom, est un professeur de biologie très estimé. Philippe est aussi cultivé qu'une encyclopédie vivante le serait et il écrit des livres fascinants.

— Tout le monde n'est pas de cet avis, dit Mini avec un clignotement de lumières lui tenant lieu de clin d'œil.

— Pardon ?

— Je pensais à Dominique. Ne fais pas attention et continue.

— Si tous ces grands esprits ont accepté Paul dans leur club, il est sans doute plus intelligent que je ne le croyais. Je ne le trouve pas stupide, loin de là, mais son intelligence n'est pas du même niveau que celle des autres. Enfin, c'est ce que je croyais. J'ai toujours pensé qu'ils lui avaient permis de se joindre à leur club parce qu'ils sont des amis d'enfance plutôt que parce que son esprit les éblouissait.

— Autrement dit, tu le voyais dans le rôle du chien fidèle à qui on donne un os comme récompense. Il ne serait pas très flatté. Et tu as changé d'idée ?

— S'il a inventé cette formule, il est beaucoup plus intelligent qu'il n'en a l'air.

— Je vois que tout mon raisonnement n'a en rien diminué tes soupçons. Qu'est-ce que tu te proposes de faire ?

— Je ne sais pas encore. Je vais attendre qu'il revienne pour voir s'il m'apportera de nouveaux éléments pour confirmer mes soupçons.

— Ou les faire mentir.

Mini n'aime pas les partis pris. Tout raisonnement doit se baser sur la logique.

— Peut-être, on verra. Je déciderai à ce moment-là.

— Si tu as encore besoin de mes services, je suis toujours disponible.

Sur ces mots, Mini se désactive. Olivier le remet sur sa tablette et retourne se coucher.

Chapitre 8
Duel

Trois jours passent sans nouvelles de Paul. Les enfants se rencontrent tous les jours pour se donner les dernières nouvelles, ce qui est vite fait. Rien de neuf ne se produit à part les progrès marqués par Frédéric. En effet, le bébé est presque revenu à la normale, à la grande joie de Dominique et de Mathieu. Olivier a bien un petit sourire à l'annonce de cette heureuse nouvelle, mais il semble chaque jour de plus en plus démoralisé. Les efforts de ses deux compagnons pour l'égayer sont vains.

Lorsqu'ils se retrouvent le lendemain, Paul les attend sous le pommier. Olivier se prépare à passer au peigne fin tout ce qu'il dira.

— Te voilà enfin! s'écrie Dominique en lui sautant au cou. Du nouveau?

— Oui. J'ai fait analyser les biscuits achetés chez M. Dupont et quatre autres sortes achetées ailleurs.

Les trois enfants fixent sur lui une attention avide. La pâleur et le trouble d'Olivier n'échappent pas à Paul. Il continue :

— Il y a dans les biscuits de M. Dupont un composé chimique qu'on ne retrouve dans aucune des autres sortes. À ce qu'on m'a dit au laboratoire, ce composé est d'une très grande puissance. Il crée un besoin presque immédiat ; comme une drogue, mais à un rythme encore plus accéléré. Je ne te conseille donc pas de cacher les provisions de tes parents, princesse, car ils pourraient réagir violemment à un manque.

— Que doit-on faire alors? demande-t-elle, déçue.

— Les gens du laboratoire cherchent présentement un antidote. À propos, comment va Frédéric ?

— Beaucoup mieux. Il est redevenu presque normal.

— C'est parfait mais très curieux. Car les expériences faites ont démontré que ce composé chimique est beaucoup trop fort pour que l'effet cesse si on arrête d'en prendre. D'autant plus qu'il s'attaque à certaines cellules du cerveau, réduisant ainsi la résistance de l'individu et le rendant toujours plus dépendant de cette drogue.

— Qu'est-ce qui arriverait s'ils ne pouvaient plus en avoir ?

— À mon avis, Mathieu, il serait très dangereux de leur retirer ces biscuits avant d'avoir trouvé un antidote.

Olivier ne dit rien mais ses pensées suivent le fil de ses soupçons. *Comme c'est pratique ! Comme ça, il y aura plus de chances qu'il soit trop tard.*

— Quel dommage ! J'avais une bonne idée.

— Qu'est-ce que c'était ? demande Paul avec un sourire. Il a toujours aimé l'énergie de Mathieu.

— On aurait pu dynamiter la pâtisserie.

Cette réponse, si typique de son jeune frère, amène pour un bref instant un sourire amusé sur le visage d'Olivier. Mais il retrouve vite son air grave.

— L'effet est donc vraiment irréversible, Paul ?

— Je n'ai pas dit ça. Les progrès de Frédéric semblent démontrer le contraire. Mais une personne ne peut revenir à la normale simplement en cessant de manger ces biscuits. Ce que je ne comprends pas, c'est comment Frédéric, lui, a pu redevenir lui-même aussi rapidement.

Tu aimerais bien le savoir, n'est-ce pas ?

— Le lait ?

— La plupart des gens mangent les biscuits avec du lait.

— Tu as raison, princesse. Est-ce que ton petit frère mange ou boit quelque chose de différent des autres ?

— Il mange la même chose que nous, la plupart du temps. Mais en purée... Oh je sais ! Les biscuits pour la dentition ! Ce doit être ça, il n'y a que lui qui en mange. Et il a pris du mieux dès qu'il a recommencé à en manger.

— Tu as peut-être raison. Je vais en acheter et les faire analyser aussi.

Et maintenant, il va pouvoir trouver l'antidote qu'il n'avait pas cherché et inventer quelque chose pour le combattre.

— En attendant, je vais vous en acheter une certaine quantité et vous essaierez de les mélanger à quelque chose que vos parents mangent, comme aux céréales du matin ; ça ne peut pas nuire. Vous observerez ensuite s'il y a des changements.

Paul vient de porter un dur coup aux soupçons d'Olivier. *Ou bien il est très malin et prêt à tout pour faire dévier les soupçons, ou bien il n'a rien à voir dans cette histoire, pense-t-il.* Quant à lui, Mathieu approuve chaudement.

— Ça, c'est une chouette idée !

— Tu as écouté la cassette ?

— Malheureusement, Olivier, je n'ai pas pu encore. J'ai juste eu le temps d'aller porter les biscuits pour les analyses avant d'être appelé pour une enquête qui m'a retenu en dehors de la ville durant deux jours. Mais j'ai quand même eu le temps de faire quelques recherches dans les fichiers de criminels. Et j'ai découvert que notre cher M. Dupont est un ex-prisonnier. Il était fabricant de fausse monnaie. Il a appris son métier de cuisinier en prison.

— C'est son vrai nom, Dupont?

— Non, Mathieu. C'est sa nouvelle identité. Il s'appelle en réalité Ferrand.

— Je vous l'avais bien dit! triomphe le jeune garçon.

— C'est au moment où j'effectuais ces recherches que je me suis rendu compte que je n'avais aucune description du second bonhomme. Est-ce que vous pourriez le reconnaître sur une photo?

— Pour sûr! s'écrient ensemble Dominique et Mathieu.

— Et toi, Olivier? Tu ne réponds pas?

— Je le suppose. Je le reconnaîtrais en personne. En photo, je ne suis pas certain.

Ce garçon me cache quelque chose, j'en suis sûr. Tout haut, Paul dit :

— Bon, retrouvons-nous donc au parc dans vingt minutes. Je vais vous emmener voir notre collection. Et avant, j'irai chercher les biscuits pour la dentition. Vous, trouvez une excuse à donner à vos parents pour expliquer votre absence.

*   *   *

Une demi-heure plus tard, les enfants sont attablés devant de grands albums de photos.

— Regardez chaque photo attentivement mais sans forcer votre attention. Si une photo ressemble à la sienne, vous m'avertissez. D'accord, les enfants ? Je serai juste à côté.

Les trois amis s'appliquent à la tâche avec ardeur, mais peine perdue. Aucune photo ne ressemble à l'inventeur de la formule. Et la description qu'ils en font n'est pas assez précise pour faire un portrait-robot. Mais Paul prend quand même cette description en note. Puis il reconduit les enfants chez eux. La mère de Dominique est dehors et s'approche aussitôt de la voiture.

— Bonjour, Paul, quel bon vent t'amène ?

— Je ne faisais que passer. J'ai vu les enfants près du terrain de jeu et je suis venu les reconduire pour leur offrir une petite balade.

— Pas étonnant que Dominique t'adore. Tu la gâtes beaucoup trop.

— Elle est ma princesse, et moi, son humble chevalier, plaisante-t-il.

— Tu restes à souper ?

— Non, je ne peux pas, je suis pressé. Dis bonjour à Hugo de ma part.

— D'accord. Au revoir !

— Au revoir !

Chapitre 9

Expédition nocturne

Ce soir-là, après le souper, Olivier dit à son jeune frère :

— Matt, je crois que nous allons suivre ton idée et faire une petite expédition à la pâtisserie.

— D'accord. J'appelle Dominique.

— Non ! Dom ne vient pas avec nous.

Mathieu, qui s'était déjà élancé vers le téléphone, s'arrête et se retourne brusquement.

— Pourquoi cela ? Elle va être furieuse quand elle saura.

— C'est trop dangereux. Et elle ne le saura pas.

Voyant l'hésitation et le doute de son frère, Olivier s'impatiente.

— Alors, tu viens ou pas ?

Bien que visiblement réticent à laisser Dominique hors du coup, Mathieu accepte.

— D'accord, je viens.

— On va prendre Mini avec nous.

* * *

Quelques minutes plus tard, les garçons sont en route vers la pâtisserie. Par chance, elle est ouverte ce soir-là. Nos héros n'ont donc qu'à attendre que M. Dupont soit occupé avec un client pour se faufiler en douce jusqu'à l'entrepôt. Ce qu'ils font aussitôt que l'occasion se présente. Ils s'avancent alors avec précaution entre des rangées d'étagères toutes remplies de ces ingrédients qui ont fait la joie de Dominique quelques semaines plus tôt. Ils sont sur le qui-vive, prêts à se cacher à la moindre alerte. Mais ils ne rencontrent personne et arrivent sans encombre devant une porte sur laquelle un écriteau mentionne : « ACCÈS INTERDIT ».

Mathieu avance la main vers la poignée mais Olivier lui fait signe d'attendre. Il colle alors son oreille à la porte et Mathieu l'imite. Aucun bruit ne leur parvient, à part le doux ronronnement d'une machine. Très lentement, Mathieu tourne la poignée et un « zut » de frustration lui échappe lorsqu'il s'aperçoit qu'elle est verrouillée. Au son de cette exclamation, Mini s'active et sort sa tête de la poche d'Olivier.

— Mes services seraient-ils requis par hasard ?

Plaçant son petit compagnon métallique à la hauteur de la serrure, Olivier lui demande :

— Crois-tu pouvoir nous ouvrir ?

— Essayons toujours.

Mini tend le bras vers la serrure. Le bout d'un de ses doigts s'ouvre pour laisser sortir une tige de métal très mince terminée par un crochet. Mini insère cette tige dans le trou de la serrure, fait un mouvement rotatif de la main et un léger déclic se fait entendre. La porte est déverrouillée ! Délicatement, les garçons l'entrouvrent et vérifient si le chemin est libre. Il n'y a pas âme qui vive à l'intérieur. Ils se glissent dans la pièce et referment la porte. Olivier pose alors Mini sur une table près d'un écran d'ordinateur et lui dit que son rôle sera de photographier de ses yeux les choses d'intérêt qu'ils pourront découvrir.

Et les garçons de se mettre à l'œuvre, fouillant ici dans un tiroir de classeur, examinant là les inscriptions dans un cahier, furetant partout dans l'espoir de trouver quelque chose qui se rattache à la formule, sinon la formule elle-même.

Ils sont si absorbés dans leur besogne que ni l'un ni l'autre n'entendent venir l'homme. D'une voix à la fois doucereuse et menaçante, celui-ci les surprend :

— Eh bien, les enfants, qui vous a permis d'entrer ici ?

Effrayés, Olivier et Mathieu reculent sans mot dire vers le mur tandis que l'homme s'avance vers eux.

Mini est lui aussi pris au dépourvu par cette entrée inattendue. Pestant intérieurement contre son impuissance, il se blottit derrière l'ordinateur et observe l'homme jusqu'à ce que ce dernier disparaisse dans un passage secret, tenant d'une poigne solide les deux garçons qui se débattent comme des diables dans l'eau bénite. Le mur se referme sur eux.

Le minuscule robot se tourne alors vers le téléphone pour constater qu'il est malheureusement hors de sa portée. Si seulement il pouvait le contrôler par la seule force de sa volonté ! Il se laisse choir sur la table, découragé de ne pouvoir venir en aide à ses amis.

Vingt-trois minutes, il me reste vingt-trois minutes d'énergie. Il faut que je fasse quelque chose. Il doit bien y avoir un moyen.

C'est alors que son regard tombe sur le Modem, appareil qui permet la communication entre différents ordinateurs, à condition bien entendu qu'ils en soient équipés, ce qui est le cas chez le père des garçons. L'espoir lui revient aussitôt. Mini se relève prestement, se place devant le clavier et compose le code d'accès à l'ordinateur de son créateur. Il se surprend alors à croiser les doigts pour que quelqu'un se trouve à l'autre bout.

Ridicule ! lui dit son esprit logique. *Il n'y a que les humains pour être superstitieux.*

Il les décroise vivement comme s'il craignait d'être surpris dans cette pose embarrassante. Quelques secondes interminables s'écoulent avant qu'il puisse lire sur l'écran :

— CONFIRMÉ. IDENTITÉ, S.V.P.

— *Dieu merci !* Mini.

Tiens, comme c'est curieux ! Ne me dites pas que le système d'espionnage du génie va enfin servir à quelque chose. M. Dupont dépose le sandwich qu'il était en train de manger près de sa bouteille de bière et fixe son attention sur l'écran. Son complice a en effet « tapé » la ligne des ordinateurs des personnalités les plus importantes de Bouquinville et celui de Gilbert, père des garçons, figure en première place comme source potentielle d'information. Mais si plusieurs habitants de la ville s'envoient des messages pour le simple plaisir de la chose, jamais celui de Gilbert n'avait été jusqu'ici utilisé dans ce but ; raison de l'intérêt soudain de M. Dupont.

— MINI ? OÙ ES-TU ?

— Avec les garçons. Ils sont en danger. Envoyez du secours immédiatement. Nous sommes à...

Oh, oh, ça se gâte. Désolé de vous interrompre mais... Avec un sourire qui dément cette pensée, M. Dupont appuie d'un geste posé sur un bouton, ce qui brouille la transmission du message. Puis, avec le même éclair malicieux que Dominique lui a déjà vu dans les yeux, il reprend son sandwich, qu'il mange avec une lenteur délibérée tout en continuant de presser le bouton.

Chapitre 10
Chassé-croisé

Ce même soir, Dominique, qui a un problème d'arithmétique difficile à résoudre, va trouver son père pour lui demander son aide. Comme d'habitude à cette heure, il est dans la bibliothèque, le nez plongé dans un livre.

— Dis, papa, pourrais-tu m'aider avec un problème ?

— Bien sûr, ma chérie.

Il pose son livre sur la table et la fillette, voyant le titre, sent son cœur battre à tout rompre. Elle vient de comprendre qui est le deuxième homme. Contenant à grand-peine sa nervosité, elle attend que son père ait terminé ses explications, le remercie et sort de la pièce en toute hâte.

Dominique court aussitôt vers le pommier et aboie deux fois. Silence. Elle attend quelques minutes puis refait le signal. Toujours pas de réponse. Troublée, elle se demande ce qu'elle doit faire. *Paul. Je dois rejoindre Paul.* Elle repart en courant vers la maison de son ami.

Dans le bureau caché, Mini donne un coup de poing rageur au clavier, dominant difficilement sa frustration devant une interférence qui tombe si mal à propos.

Décidément, mes copains commencent à m'influencer. Il ressent quelque ennui devant son excès d'impatience. *Du calme, la violence est le recours des imbéciles.*

Retrouvant son sang-froid, si on peut ainsi parler d'un robot, il essaie de rétablir la communication. Les minutes passent. Son énergie diminue dangereusement. L'ordinateur refuse toujours de coopérer. Sentant qu'il va bientôt être désactivé, Mini abandonne et retourne se cacher derrière l'écran.

*   *   *

Pendant ce temps, Paul, qui vient de rentrer chez lui après une dure journée de travail, écoute la cassette enregistrée par les enfants.

— Vois-tu, grâce à ma recette, chaque fois qu'un biscuit est mangé, il détruit une toute petite partie de l'individualité de la personne qui le mange.

Vraiment curieuse cette voix. On dirait qu'elle a quelque chose de faux. Et pourtant, elle me rappelle vaguement quelqu'un.

— ... Qu'est-ce que la publicité, après tout? Quelque chose qui fait croire aux gens que s'ils utilisent tel ou tel produit, ils seront plus beaux, plus séduisants, plus intelligents. Et des millions de gens sont chaque jour conquis par un produit quelconque. Là en quoi ma recette est différente, c'est qu'elle détruit le libre arbitre...

Paul arrête la cassette. Il regarde le magnétophone d'un air hébété durant quelques secondes puis recule la cassette et écoute le dernier passage de nouveau, comme s'il ne pouvait croire ce qu'il venait d'entendre. Il l'arrête encore une fois puis se lève et va prendre un livre posé sur sa table de chevet. *La publicité : une question de libre arbitre*, lit-il sur la couverture.

Et c'est alors que Dominique, tout essoufflée, fait irruption dans le salon et dit :

— Paul... Le deuxième homme... C'est Philippe !

Chapitre 11

Opération « Sauvetage »

Gilbert, perplexe, ne sait trop quoi penser du message qu'il vient de recevoir. Mini n'est plus sur sa tablette et il est vrai que les garçons le traînent souvent avec eux. Mais pourquoi seraient-ils en danger ? Bouquinville est un endroit si tranquille. Rien ne s'y passe jamais. Peut-être que Dominique sait quelque chose.

— Hugo ? Dominique est-elle là ? demande-t-il au téléphone.

— Elle y était voilà deux minutes mais elle vient de partir comme si elle avait le diable à ses trousses. Je l'ai vu courir vers chez toi. Elle avait probablement rendez-vous avec les gars et son problème d'arithmétique l'a retardée. Ils ont sans doute quelque mission à accomplir, tu sais, un de leurs complots à déjouer, quoi.

— Probablement, répond Gilbert d'une voix qui manque un peu d'assurance.

— Qu'est-ce qu'il y a ? Quelque chose t'inquiète ?

— Je ne sais pas. Je viens de recevoir un message bizarre sur mon écran, disant que les gars sont en danger.

— Bof, à ta place, je ne m'en ferais pas avec ça. Dominique en était sans doute la destinataire ; ça doit être pour cela qu'elle a détalé si vite.

— Tu as raison. C'est sûrement un autre de leurs jeux. Ces enfants ont l'esprit tellement inventif, tu ne trouves pas ?

— Oui. Ils sont pas mal intelligents.

Après quelques éloges de plus sur leurs enfants respectifs, Gilbert raccroche, tout à fait rassuré sur la signification du message. Sans aucun doute, les voilà encore plongés en pleine fiction ! Il sourit avec affection, hoche la tête, puis éteint la lumière en quittant son antre.

Quelques minutes plus tard, Paul et Dominique roulent en direction de chez Philippe. En silence, tous deux s'inquiètent du fait que les garçons n'aient pas répondu à l'appel de leur amie. Une fois chez Philippe, Paul donne ses instructions.

— Tu m'attends ici, princesse. Garde les portes verrouillées et si tu veux donner l'alerte, appuie sur le klaxon. D'accord ?

— Oui, mais fais attention. C'est un fou, tu sais.

Paul se dirige vers la maison. Il frappe à la porte, sonne, fait le tour et frappe à l'arrière. N'obtenant aucune réponse, il sort la clé que Philippe lui a remise et pénètre à l'intérieur. Après un court moment qui semble une éternité à Dominique, il ressort en faisant signe qu'il n'y a personne.

— Je suis sûre qu'ils sont allés à la pâtisserie.

— Tu as probablement raison. Allons-y, il n'y a pas une minute à perdre.

À la pâtisserie, nos deux limiers se heurtent à une porte sur laquelle une affiche annonce : FERMÉ POUR CAUSE DE MALADIE.

— Maladie, mon œil ! grogne Paul. Je vais voir du côté de l'entrepôt. Toi, retourne dans l'auto et...

— Ah non, pas question ! J'y vais aussi.

Le moment n'étant pas à la discussion, Paul doit s'incliner. Après avoir recommandé à sa jeune compagne de se tenir derrière lui, il marche vers l'entrepôt. Quelques minutes et deux serrures forcées plus tard, ils se retrouvent dans la pièce même où Mathieu et Olivier se sont fait surprendre plus tôt.

— Les oiseaux ont quitté le nid, on dirait.

— Paul, qu'est-ce qu'on va faire ? Comment va-t-on retrouver les garçons ?

— Il faudrait d'abord savoir s'ils sont bien venus ici.

— Ils y sont venus, j'en suis sûre.

— Et tu as parfaitement raison, jeune fille, dit une voix qui les fait se retourner brusquement.

— Mini! s'écrie Dominique en voyant le petit robot sortir de sa cachette derrière l'ordinateur.

Par sa taille minuscule, il lui avait été facile de passer inaperçu.

— Mini, peux-tu nous dire ce qui est arrivé à Mathieu et Olivier?

— J'ai tout vu et tout photo-graphié.

— Magnifique, dit Paul. Où sont-ils?

— Tu veux me déposer sur le bureau là-bas?

Dominique s'exécute. Mini se dirige vers ce qui semble être un stylo dans un porte-plume et tire ledit stylo vers la gauche. Le mur derrière Paul s'entrouvre, découvrant un passage secret. La fillette s'élance mais Paul l'attrape au vol et demande au robot:

— Mini, combien de temps peux-tu rester activé sans que personne parle?

— Une demi-heure.

— Bien. Est-ce que tu sais utiliser un téléphone ?

— Bien sûr, répond Mini d'un ton offensé.

— Bon. Tu restes ici afin de pouvoir nous ouvrir si la porte se referme.

Posant un téléphone près de lui, Paul ajoute :

— Si nous ne sommes pas revenus dans vingt minutes, tu appelles au poste de police et tu leur dis que j'ai des ennuis et besoin de renfort. Compris ?

— Oui.

— Très bien. On y va, princesse, et reste derrière moi.

S'emparant au passage d'un lourd presse-papier, Dominique le suit.

* * *

Le tunnel n'est pas bien long. Les deux amis atteignent bientôt une porte que Paul ouvre avec précaution. C'est là qu'est le laboratoire où se prépare la fameuse formule. Au milieu de comptoirs remplis de fioles et d'éprouvettes se trouvent deux chaises sur lesquelles Mathieu et Olivier sont solidement ficelés. Philippe, toujours déguisé, se penche sur Olivier qui fixe avec horreur la seringue qu'il tient à la main, seringue remplie de l'ingrédient maléfique.

— N'aie pas peur, mon garçon. Tu ne sentiras rien. Tu deviendras idiot, c'est tout. Plusieurs personnes sont idiotes et ne s'en portent pas plus mal, tu sais. Dommage quand même. Tu étais si intelligent. Ça me fait autant de peine qu'à toi mais tu comprendras qu'un génie comme le mien ne peut se laisser contrecarrer par la curiosité de deux gamins. Ce serait injuste.

Il s'apprête à piquer Olivier lorsque Paul entre et braque un revolver sur lui en disant :

— Laisse-le, Philippe. Ton jeu est découvert.

Philippe se retourne, enlève son masque et l'appareil qui lui servait à déguiser sa voix, pendant qu'Olivier le regarde avec un air d'animal blessé, et il défie Paul d'un sourire sarcastique.

— Tiens, si ce n'est pas notre Sherlock local. Décidément, tu es plus fort que je ne le croyais. Mais quand même pas assez.

— Jetez votre arme ou je tire, dit M. Dupont derrière Paul.

À ce moment-là, telle une furie, Dominique, qui était tapie dans un coin et que personne n'avait remarquée, s'élance sur M. Dupont et l'assomme avec le presse-papier avant qu'il puisse avoir la moindre réaction. Ce dernier s'écroule et Paul se jette sur Philippe qui tente de s'enfuir par le passage secret. Une lutte furieuse s'engage entre les deux hommes tandis que Dominique court libérer ses deux amis.

Avec l'énergie du désespoir, Philippe parvient à se libérer de Paul, mais trop tard. Mini, qui est décidément très humain pour un robot et un humain dont la patience n'est pas le point fort par-dessus le marché, a décidé qu'il pouvait se passer trop de choses en vingt minutes et a alerté la police aussitôt Paul et Dominique partis. Philippe se retrouve donc nez à nez avec six constables prêts à le cueillir. La partie est terminée.

Chapitre 12
Le mot de la fin

Quelques jours plus tard, on peut lire sur la devanture de la pâtisserie Dupont : « À VENDRE ». Les habitants de la petite ville, qui ont été soumis sans le savoir à la consommation d'une bonne dose de biscuits pour la dentition par le biais d'une nouvelle sorte de céréale, reviennent peu à peu à la normale.

Paul se promène dans le parc avec les trois enfants.

— Dis, Paul, il y a quelque chose qui m'échappe dans toute cette affaire.

— Ah oui ? Quoi donc, Mathieu ?

— Comment se fait-il que Philippe et M. Dupont soient devenus complices? Est-ce qu'ils se connaissaient?

— Oui. D'après les aveux de M. Dupont, ou plutôt Ferrand, Philippe et lui se sont connus à l'université pendant que Philippe complétait ses études à l'autre bout du pays. Ils s'entendaient très bien car, comme Philippe le mentionnait dans la conversation enregistrée, ils étaient de la même espèce. Tous deux brillants, ingénieux, ils tiraient souvent profit de leur intelligence supérieure au détriment des autres, en y prenant grand plaisir d'ailleurs. Mais lorsqu'ils ont quitté l'université, ils ont pris chacun leur chemin et se sont perdus de vue. Ferrand, attiré par le gain facile, est devenu un fraudeur habile et s'en est tiré avec succès durant plusieurs années, jusqu'au moment où il s'est lancé dans la fausse monnaie. Philippe, quant à lui, de retour à Bouquinville, est redevenu le garçon sérieux qu'il était avant de partir. Ses frasques universitaires, de simples bêtises de jeunesse, sont tombées dans l'oubli. Il est devenu l'homme admiré et respecté que nous connaissions tous. Mais pendant qu'il était en prison, Ferrand a repris contact avec lui après avoir lu un de ses livres. Il lui a écrit pour lui expliquer combien ce livre l'avait impressionné et le féliciter. Flatté dans son orgueil d'auteur et ravi de renouer avec un ancien camarade pleinement en mesure d'apprécier son génie à sa juste valeur, Philippe s'est mis à correspondre régulièrement avec lui. Et lorsqu'il a mis au point sa fameuse formule, il a écrit à Ferrand de prendre un cours de cuisinier car, grâce à lui, il en tirerait grand profit. Lorsque Ferrand est sorti de prison, ils ont mis leur projet à exécution.

— Mais s'ils se connaissaient, pourquoi prenait-il la peine de se déguiser ?

— Tout simplement, ma petite princesse, parce qu'il ne voulait pas que leur association soit connue des citoyens de Bouquinville. Si son projet avait mal tourné, il n'aurait eu qu'à se débarrasser de son complice et personne ne l'aurait jamais soupçonné.

Au point où il en était, je ne crois pas que les scrupules l'en auraient empêché.

Mathieu a un frisson en repensant à leur situation précaire.

— On l'a échappé belle !

— C'est vrai, Matt. Si ce n'avait pas été de Dom...

La fillette rougit de plaisir et Paul lui fait un clin d'œil complice.

— Elle a été vraiment chouette ! Un as ! Je n'aurais pas fait mieux.

L'enthousiasme de Mathieu fait sourire Olivier. Un petit sourire triste.

— Je te soupçonnais, tu sais, Paul.

— Je sais. Tu aurais préféré que ce soit moi plutôt que Philippe. Mais je ne suis pas assez intelligent pour inventer une formule pareille, répond Paul avec un air espiègle.

Puis, voyant la mine contrite d'Olivier, il se repent. Après avoir envoyé Mathieu et Dominique s'acheter des friandises, Paul se penche vers lui et, prenant le visage du garçon entre ses mains, il lui dit :

— Je sais que tu l'aimais beaucoup. Et que tu te considères comme trahi. Je te comprends, moi aussi j'admirais son génie. Je dévorais ses livres. Mais le problème avec le génie, c'est qu'il est inaccessible à la plupart des gens. Un génie est un être à part, isolé des autres, même de ceux qui l'admirent. Et, à force d'être isolé, il arrive qu'un génie en vienne à se croire dépourvu d'obligations envers les autres, supérieur à toutes les lois auxquelles obéissent ceux-ci. Il commence par être surhumain et finit par devenir inhumain. Il faut une grande force morale pour résister à l'attrait du pouvoir que le génie peut permettre d'exercer sur les autres. Philippe n'a pas pu, mais ce n'est pas vraiment sa faute. Il se sentait mis à part et il se vengeait. Est-ce que tu comprends ?

— Oui, répond Olivier d'une voix brisée. Mais je l'aimais, moi.

Paul le serre contre lui.

— Alors, pardonne-lui et ne garde que les bons souvenirs. Mais souviens-toi quand même de la leçon apprise :
1) Ne jamais se fier aux apparences.
2) Ne jamais soupçonner les gens sans raison valable.

3) La plus importante : le génie, c'est bien, mais l'humanité, c'est mieux. Tu t'en souviendras si jamais tu deviens un grand savant ?

— Promis.

— Bien. Allons rejoindre les autres. Elles ont l'air délicieuses, ces pommes de tire.

— N'as-tu pas dit que tu ne mangeais jamais de dessert ?

— Ce n'est pas un dessert, c'est une friandise.

Paul et Olivier échangent un regard de complicité. Ils sont maintenant de grands amis. Et pour de bon.

Et la vie à Bouquinville reprend son cours normal. Les trois mousquetaires luttent toujours et sans cesse contre des vilains imaginaires. Mais, bien qu'aucun d'entre eux ne l'ait admis à haute voix, ils espèrent bien ne plus jamais découvrir de « vrais » complots.

— FIN —

DANS LA MÊME COLLECTION

Contes pour tous

1 LA GUERRE DES TUQUES
Danyèle Patenaude et Roger Cantin

2 OPÉRATION BEURRE DE PINOTTES
Michael Rubbo

3 BACH ET BOTTINE
Bernadette Renaud

4 LE JEUNE MAGICIEN
Viviane Julien

5 C'EST PAS PARCE QU'ON EST PETIT
QU'ON PEUT PAS ÊTRE GRAND
Viviane Julien

6 LA GRENOUILLE ET LA BALEINE
Viviane Julien

7 LES AVENTURIERS DU TIMBRE PERDU
Michael Rubbo

8 FIERRO... L'ÉTÉ DES SECRETS
Viviane Julien

À partir de 8 ans

1 LA MACHINE À BEAUTÉ
Raymond Plante

2 MINIBUS
Raymond Plante

3 LE RECORD DE PHILIBERT DUPONT
Raymond Plante

4 PAS D'HIVER! QUELLE MISÈRE!
Pierre Guénette

5 LE 25e FILS
Bernard Tanguay